INSTITUT IMPÉRIAL DE FRANCE

# L'ISTHME DE SUEZ

M. HENRI DE BORNIER

POÈME QUI A REMPORTÉ

## LE PRIX PROPOSÉ PAR L'ACADÉMIE FRANÇAISE

Lu dans la séance publique annuelle du 29 août 1861

PARIS

E. DENTU, LIBRAIRE ÉDITEUR,
PALAIS-ROYAL, GALERIE D'ORLÉANS, 13

1861

# L'ISTHME DE SUEZ

PAR

### M. HENRI DE BORNIER

POËME QUI A REMPORTÉ

## LE PRIX PROPOSÉ PAR L'ACADÉMIE FRANÇAISE

Lu dans la séance publique annuelle du 29 août 1861.

---

Le Nil a vu sur ses rivages. . . . . . . . .
(LEFRANC DE POMPIGNAN.)

## I

## LE KHALIFE DU HUITIÈME SIÈCLE.

Le khalife Al-Mansour marche, inclinant la tête (1),
Dans son palais d'Égypte ; il va, revient, s'arrête ;
Par moments, un éclair dans ses yeux durs et froids
S'allume... Mais d'où vient qu'il pâlit quelquefois ?

---

(1) Sur Al-Mansour, voir Marigny, *Histoire des Arabes*, tom. III.

I

1861

Il est jeune, sa main porte le double glaive :
Il est Émir, Iman ! Il peut tout ce qu'il rêve ;
Où sont-ils ses rivaux, leurs soldats et leurs tours ?
Demandez à la mer, aux sables, aux vautours !
Il renverse, il relève, il brise, il crée, il fonde,
Il pèse tout entier sur chaque point du monde !
Bornant sa joie à voir les peuples endormis,
Il triomphe en lui-même, il règne sans amis,
Et son impitoyable et longue ingratitude
Autour de sa grandeur a fait la solitude !
Ce silence lui plaît, rien dont il soit troublé...
Regardez, cependant : le despote a tremblé !

*

Il tremble : il n'est plus sûr de l'effroi qu'il inspire ;
Il cherche un homme, un bras, pour sauver son empire ;
Mais il fit mettre à mort son plus cher lieutenant (1),
Qui donc affrontera sa faveur maintenant ?
Il tremble : le réveil des nations commence,
Et Thaleb, un rebelle, arme une flotte immense.

*

Le canal, que la main des rois égyptiens
Creusa jusqu'à Colzum, depuis les temps anciens,
Par la mer Érythrée unissant les deux mondes,
Conduit dans le désert le Nil aux eaux fécondes (2);

---

(1) Abou-Moslem.

(2) Le canal des anciens unissait indirectement la mer Rouge (Érythrée) à la Méditerranée ; il commençait à Bubaste, empruntait l'eau du Nil, et de là se dirigeait vers la mer Rouge, où il se jetait, à Patumos, dans le golfe de Colzum.

Deux vaisseaux, sans remplir son lit large et profond,
A la rame, à la voile, y vogueraient de front (1);
Toute une flotte enfin peut, en un jour néfaste,
Partant de Patumos, aborder à Bubaste.

✳

Le Khalife le sait, et, plus près du péril,
Croit toujours voir Thaleb remonter jusqu'au Nil!
Que faire? Les terreurs l'assiégent sans relâche!
Ce fourbe, ce cruel, ce superbe est un lâche!
— « Oh! soyez maudits tous, crie alors le tyran,
Soyez maudits, Nécos, Ptolémée et Trajan,
Dont l'art funeste, aux flots ménageant ce passage,
Dérangea dans ses plans la nature plus sage!
Vous ne saviez donc point, par l'orgueil égarés,
Que l'on domine mieux des peuples séparés;
Que les sables, les monts, naturelles frontières,
Nous servent de remparts, leur servant de barrières;
Et que vous désarmiez les princes à venir,
Rois paternels, rois fous qu'on s'obstine à bénir! »


Il dit, mais l'impuissance est au fond de sa rage;
Et tous ses conseillers, faible et vil entourage,
N'ont pas même un avis utile ou hasardeux,
Quand un vieillard, un Juif, s'avance au milieu d'eux :
— « Maître, si le récit qu'on m'a fait est fidèle,

---

(1) Hérodote.

( 4 )

Tu crains que le canal ne profite au rebelle ? »
— « Il est vrai : je ne puis, sans un retard fatal,
M'en emparer. »

               — « Fais mieux : supprime le canal (1) !
Je sais comment le Nil, arrêté dans sa course,
De ce canal maudit est devenu la source ;
Du travail des anciens j'ai surpris le secret,
J'ai retrouvé leurs plans; ordonne ! Je suis prêt,
Et, pour aider le fleuve à servir ta querelle,
Je lui rendrai bientôt sa pente naturelle. »
— « Eh bien ! j'y consens, Juif. N'épargne rien, d'ailleurs;
Choisis les ouvriers toi-même, et les meilleurs ;
De ma dette c'est toi qui fixeras la somme. »
— « Maître, pour te servir, tout est possible à l'homme. »


Il partit. Du succès le Khalife doutait;
Sa promesse, pourtant, le Juif l'exécutait...
L'eau du canal décrut le long des quais superbes,
Le courant vers la mer coucha les hautes herbes,
Puis la vase parut, et bientôt l'on put voir
Ce qui reste d'un fleuve : un lit fétide et noir !


Le sable, désormais, reprenant son domaine,
Va lentement couvrir cette grande œuvre humaine.

---

(1) Le khalife Al-Mansour, en effet, fit combler le canal de Suez, en 775, pour empêcher Thaleb d'attaquer l'Égypte et de recevoir des secours d'hommes et de vivres. (Voir Makrysy, *Commentaires sur l'Égypte.*)

Le Juif revient joyeux, se croyant en faveur;
Al-Mansour, cependant, satisfait, mais rêveur,
Se dit : « Par Mahomet! ce Juif est bien habile!
« Mais l'âme d'un tel homme est vénale et mobile,
« Mes ennemis pourraient l'acheter à leur tour. »
C'est pourquoi, sans trahir sa promesse, Al-Mansour,
Lorsque vint le savant présenter sa requête,
Après l'avoir payé, lui fit trancher la tête.

## II

# LE VICE-ROI D'ÉGYPTE.

Le désert! L'horizon d'une morne rougeur,
Prison sans murs qui marche avec le voyageur!
Point d'arbres, un sol noir, quelque vautour qui plane.
L'hyène qui, de loin, guette la caravane,
Et parfois le simoun, horrible et furieux,
Soulevant l'Océan des sables jusqu'aux cieux!
Ici rien n'aime l'homme et rien ne le redoute,
Rien ne distrait les yeux, rien ne charme la route.
Cependant, en ce lieu fatal et désolé
L'homme régnait jadis... Il s'en est exilé!
Mais on retrouve encor, sous la ronce et le sable,
D'un travail merveilleux la trace ineffaçable,
Et dans le lit du fleuve abandonné, souvent,
Le pâtre libyen vient s'abriter du vent.


Ces deux hommes qui vont dans cette solitude,
Quels sont-ils? — L'un est jeune et de noble attitude.
Sérieux, attentif comme son compagnon;
Il gouverne l'Égypte, et Saïd est son nom.

L'autre, sur qui les ans ont pesé davantage,
A la douce énergie et le calme d'un sage;
On sent qu'il est de ceux qui ne reculent pas
Et qui marchent au but sans dévier d'un pas;
De Lesseps! nom qu'attend, au bout de la carrière,
La gloire impartiale ainsi que la lumière!


Le Prince était pensif, et le Français lui dit (1) :


« Les héros, les vainqueurs, que la foule applaudit
« Sont bientôt oubliés s'ils restent inutiles ;
« Les règnes vraiment beaux sont les règnes fertiles,
« Et ce siècle, surtout, pense que les meilleurs
« Et les plus grands des rois sont les rois travailleurs !
« Prince, à vous vient s'offrir la plus noble entreprise
« Que le destin réserve aux rois qu'il favorise :
« Vous pouvez relever, agrandir de vos mains
« L'œuvre des Pharaons et l'œuvre des Romains,
« Fertiliser ces lieux que le sable dévore,
« Et d'un désert brûlant faire un autre Bosphore (2)!
« Par de nouveaux chemins, facilement ouverts (3),
« Vous pouvez, rapprochant tant de peuples divers

---

(1) C'est en 1854, dans un voyage que M. Ferdinand de Lesseps fit, avec le vice-roi d'Égypte, dans le désert Libyque, que le percement de l'isthme fut proposé et décidé.

(2) Sur les deux bords du canal, à une grande distance, on créera de vastes établissements agricoles.

(3) Les travaux n'offrent aucune difficulté sérieuse à l'art moderne.

( 8 )

« Qu'au soleil du progrès la distance dérobe,
« Raccourcir de moitié la ceinture du globe (1) !
« Les vaisseaux, qui cherchaient sur l'immense Océan
« Ou la jeune Australie ou le vieil Hindostan,
« Achevant, grâce à vous, de moins rudes conquêtes,
« N'iront plus se briser sur le cap des Tempêtes ;
« Comme de grands oiseaux près du bord plus nombreux,
« Ils voleront en foule à l'Isthme ouvert pour eux,
« Et le vent du désert, roi dont le règne expire,
« Les poussera lui-même à travers son empire !
« Ce rêve, qui par vous doit avoir son effet,
« Leibniz, Louis le Grand, Napoléon l'ont fait (2) ;
« A vous de l'accomplir, Altesse ! L'heure est bonne,
« La science, aujourd'hui, n'a plus rien qui l'étonne ;
« Elle a le feu, les vents et les flots pour sujets ! »


Le Prince, à ce discours, répondit : « J'y songeais ! »

---

(1) Par le percement de l'Isthme, la route des Indes, de la Chine et de l'Australie sera abrégée de 3,000 lieues, en moyenne.

(2) Sur l'ordre de Louis XIV, Leibniz écrivit un Mémoire concluant au percement de l'Isthme ; des négociations furent entamées à Constantinople, mais l'influence anglaise les fit échouer. On sait que, pendant l'expédition d'Égypte, Napoléon s'occupa très-activement du même projet.

## III

# AUJOURD'HUI ET DEMAIN.

Au travail! Au travail!— Et qu'avant six années
Se rencontrent ici les deux mers étonnées (1)!
— D'où viens-tu? dit un flot heurtant un flot nouveau,
— Moi, je viens de Suez. — Moi, je viens de Péluse. —
Et, sans qu'il soit besoin de levée ou d'écluse,
Ils fraterniseront sous le même niveau !

Au travail ! — Apportez les sondes et les dragues ;
Ici, que le chenal se creuse sous les vagues (2) ;
Qu'une double jetée en protége le cours,
Et que le léger brick et le steamer immense,
Quand les vents rugiront sur les flots en démence,
De ces deux bras amis trouvent l'heureux secours !

---

(1) La mer Rouge, dont le niveau est un peu plus élevé, entrera dans le canal
à Suez et ira rejoindre la Méditerranée près de Péluse.

(2) On construira à Péluse un chenal qui avancera de 6,000 mètres dans la
mer, avec double jetée.

Au travail! Au travail! — Que le golfe Arabique
Roule ses flots soumis dans le désert Libyque;
Que le lac desséché se remplisse soudain (1),
Que les berges, les quais, sur les sables s'allongent,
Que les hauts murs des docks dans l'eau profonde plongent,
Que l'Isthme aride et nu redevienne un jardin (2)!

*

Au travail! — Ouvriers que notre France envoie,
Tracez, pour l'univers, cette nouvelle voie!
Vos pères, les héros, sont venus jusqu'ici;
Soyez fermes comme eux et comme eux intrépides,
Comme eux vous combattez aux pieds des Pyramides,
Et les quatre mille ans vous contemplent aussi!

*   *   *

Oui, c'est pour l'univers! pour l'Asie et l'Europe,
Pour ces climats lointains que la nuit enveloppe,
Pour le Chinois perfide et l'Indien demi-nu;
Pour les peuples heureux, libres, humains et braves;
Pour les peuples méchants, pour les peuples esclaves,
Pour ceux à qui le Christ est encore inconnu!

*

---

(1) Le lac Timsah, les lacs Amers, qui deviendront des ports intérieurs.

(2) Une partie du désert que traversera le canal est la terre de Gessen dont parle la Bible, *la terre des pâturages;* on lui rendra ce nom.

De combien s'accroîtront les richesses du monde ?
A ce froid intérêt qu'un froid calcul réponde !
Vers un plus noble but, sages, tournez les yeux :
Consacrons nos efforts, en chrétiens que nous sommes,
Pour les rendre meilleurs, à rapprocher les hommes ;
Les enrichir, c'est bien ; les éclairer, c'est mieux !

D'un essor plus rapide animant le commerce,
Les vaisseaux du Japon, de l'Inde, de la Perse,
Dans nos ports agrandis mêleront leurs agrès.....
Mais tu pourras surtout, ô généreuse France,
Des peuples torturés hâter la délivrance,
Et le crime dira : Non ! la France est trop près !

Si le vieux fanatisme et les haines tenaces
Troublaient encor Djedda de cris et de menaces,
France, tes étendards y seraient avant tous !
Ton glaive briserait le lâche cimeterre
De ces vils assassins, honte de cette terre
Où notre Dieu mourut et qui n'est pas à nous !

Pékin et Saïgon, empires du parjure,
L'immensité des mers aujourd'hui vous rassure :
Mais un plus court chemin s'ouvre pour nos héros.
Et si vos cruautés cherchaient d'autres victimes,
Sans pitié, cette fois, nos fureurs légitimes
Renverseraient vos murs dans le sang des bourreaux !

Mais non ! nos armes sont plus saintes que les vôtres ;
Nous vous enverrons moins de soldats que d'apôtres :
Suez verra passer, tendant vers vous leurs bras,
Les humbles messagers de la bonne nouvelle,
Par qui la vérité doucement se révèle,
Ceux qui bravent la mort et ne la donnent pas !

Ils prendront, bénissant le rapide navire,
Le chemin le moins long pour aller au martyre !
Ils marcheront joyeux, et d'un pas triomphant,
Aux bûchers, aux gibets, aux échafauds funèbres,
Pour arracher plus vite à l'esprit des ténèbres
L'âme d'un empereur ou l'âme d'un enfant !

Allez donc racheter du démon ces barbares,
Martyrs ! que sous les fouets, les cangues et les barres,
Vos corps soient déchirés et volent en lambeaux...
Bientôt, sauvés par vous de leur chute première,
Ces peuples grandiront, libres dans la lumière,
Sous l'arbre du salut dressé sur vos tombeaux !

## IV

Courage donc! Et gloire à l'œuvre commencée!
La paix, comme la guerre, aura ses bataillons :
Béni soit le travail où germe une pensée!
Béni l'outil qui creuse au bon grain des sillons!

*

O peuples, liguez-vous pour cette œuvre féconde!
Angleterre inquiète, applaudis à ton tour!
Et portons à l'envi jusqu'aux confins du monde
La justice, la paix, la liberté, l'amour!

*

Hélas! gardons aussi tous ces biens pour nous-mêmes!
La moisson de vertus n'est pas faite chez nous,
L'Europe assiste ou marche à des crises suprêmes :
Seigneur, Seigneur! dit-elle, où me conduisez-vous?

*    *    *

C'est au progrès que Dieu nous mène.
Mais par de bien rudes chemins!
L'orgueilleuse industrie humaine
S'épuise à mieux armer nos mains :

Et le savant dont le génie
Devrait, dans sa marche bénie,
Se répandre comme un parfum,
— Servant nos instincts sanguinaires,
Offre à l'homme un choix de tonnerres,
Quand Dieu pour Dieu n'en a fait qu'un !

*

Les grands vaisseaux, au sein des ombres,
Jetant de sinistres rougeurs,
S'avancent vers les villes sombres
Comme des volcans voyageurs ;
Sous les bombes, horrible averse,
Le mur de granit se renverse,
La casemate va ployer...
Europe ! Europe, sois moins fière !
Porte aux barbares la lumière,
Mais sois-en l'immortel foyer !

*

Ouvrons ces mers, perçons cet isthme,
Bordons ce désert de palais ;
Les peuples que le fanatisme
Tient sous le joug, délivrons–les !...
Mais délivrons d'abord nos âmes !
S'il est là-bas des dieux infâmes
Dont on adore les autels,
Nous avons aussi nos idoles :
Les dieux moqueurs, les dieux frivoles,
Les dieux impurs, les dieux cruels ;

*

Renversons-les! N'ayons de temples
Que pour le Maître juste et doux,
Et portons surtout nos exemples
Aux peuples rapprochés par nous!
Sur chaque monde où l'on aborde,
Chantons l'hymne de la concorde,
De la justice, de la foi,
Et sur ces chemins magnifiques,
Faits pour tes luttes pacifiques,
Mortel, que Dieu passe avant toi!

Paris. — Typographie de Firmin Didot frères, imprimeurs de l'Institut, rue Jacob, 56.

Paris. — Typographie de Firmin Didot frères, fils et Cie, rue Jacob, 56.